メランコリック

桑田 窓

思潮社

メランコリック

桑田 窓

思潮社

目次

装幀＝思潮社装幀室

メランコリック

スタートラインへ

五・四・三――
円盤の大地に降り立ったときから
天空のカウントダウンは
はじまっている
夢に辿り着くのが先か
きみが諦めるのが先か
いずれにしても
よーいどんで
世界は未来に向かって進んでいる

二・一――
走り続ける道の途中に
所々　小さな運の水が

ぽたぽたと落ちるところがあって
そこを何度も通り過ぎることで
願いの芽を出すための
力が少しずつ溜まっていく

零《ゼロ》――
さあ次へ進もうと誓ったとき
目の前に現れた景色が
これまでと同じ周回路であっても
遠く集めてきた
運の水は枯れない
地球の自転　希望の大気
胸いっぱい吸って
もう一度歩き出せば
秒読みの時間は振り返る
この円盤の外へ飛び出すまで
心は鼓動の限り
また動きはじめる

メランコリック

草の城に流れ込む川に
溶けながら昇った新月
その黄色い雫が落ちて
震える水面があった
城に住む蛍も
洞穴にいるも
皆　小さな丸い水の郷に暮らした
十日間の生涯で
互いを訪ね　集い
ただ　身ひとつで笑い合った

分かっていて間違えた
行き止まりの橋

短いネガフィルムが流れる川の上
蛍なら二度とやり直せない時間を滞る
水たまりの中の私がいる

翡翠色の風に揺れる
アーケードの横断幕のあのあたり
浅い群青に灯る歩行者信号が
私を現実へと呼びかける

いつだったか
きれいな鉱石に頼らなかった
私に戻れたら
何も飾らず
あの人に会いに行けたなら

十七秒前

長い電線を通り抜ける
暖かな日差しに
海岸にある萌葱色の駅の
布でできた屋根は
ふわり　熱をもってたなびく
その温度に
一本の水の線路が目を覚まし
桟橋から海の向こうへ
浮き上がって延びていく

海沿いの駅につながる石畳は
ぼんやりとそれを見ている
ボビンのように

南風に乗る甘い紙吹雪を
くるくると巻きながら

桃染の霞　壁伝いの絨毯
ユノとユピテルの舞踏会
夢と揺らめく賑わいの園
道端の洋館のパラボラの
お椀の上で沸く観客たち

ゆるく巻いたマフラーが
斜め上の空にほどけて
遠く離れていくと――

衣替えの街は
沸騰する空気で満ちた汽笛を鳴らす
色とりどりの帆が待つ
十七秒後の港に
新しい春の号砲が届く

メトロポリス

鳥かごの向こう側に
部分的な月のランプが灯る
古代の線路が書かれている地図
薄暗い明かりでも
なんとか読むことができた

到着先と書かれているのは
行く手段がない空族館
途絶えた路線
他の誰かが操縦する乗り物では
辿り着けないという

地面に貼り付いた建物の隙間で

ぎゅうぎゅう詰めの人々が
ひしめきあいながら
日々　誰とも会話することなく
関わりあうことなく暮らしている

私が持っている地図は
何のために使えばいいのだろう
どう役に立つのだろう
そう呟きながら
すでに満席の
指定席しかない往復電車に
今日も乗り込んでいく

見つめる先
遠い空にある館
ここから逃げるためじゃない
見たことのない
空の生き物に会いに行く

微かな引力
未開の星に届け
延びゆく　希望の道

或る招待状

ひとに向けて書かれた
道案内の文字も
その建物へ通じる地図もない
古い外観の洋館
敷地内に入ろうとすると
足が地面につかず　宙に浮いたまま
扉のない外枠だけの門を通過できた

玄関に入って左側に見える
途中で崩れた階段
行けないはずの二階の大広間が
心当たりのない
八名の差出人からの

招待状に書かれている婚礼の間だ

頭上から聞こえてくるのは
それら招待人の声だろうか
真っ黒い雨雲のように
天井に立ち込め　響いている

ごみ置き場に向かう朝
その途中　迷い込んだ森で
降りてきた踏切の植物が
私の右袖に触れて残った跡
それが　この建物の空気に晒され
細い草の色を帯びて
自分が生きた証のように
みるみる沁みだしてきた

私はこれまで
目の前に現れた道に沿って

思考なく　ただ歩くだけであった
どこまで行っても
「今」しか知らずに
生きてきたのだから
もう殊更　問題はないのだが

招待されたのは
帰りの門がない
掃除機の空にある
行き止まりの館だと気がついた

並木道のプレリュード

四小節の音階は並ぶ
点滅する街路樹の符号
その隙間を走る
自転車のしましま模様

どこまでも続きそうな木々の列に
春を待つガーゼの空から
一本道の舞台を彩る
木洩れ陽のマリオネット
無数のスポットライトになって

そこを通る自転車の
少女が口ずさむ

笑顔の唄　涙の調べ

青く輝くメロディは
校舎から延びる桜並木の
みどりの譜面に溶け込んでいく

まだ見ぬ並木道の向こうから
はじめて触れる風が吹いてくる
少女を見守る両側の木々は
くっきりとした影を連れた
その背中を
やさしく送り出した

直線の道の先には
真っ白な
五線譜の草原がたなびいている
若き指揮者のタクト
新しい曲の開演前だ

張りぼてのポストリュード

さあ今だ　ヘ短調《エフマイナー》のBGMを流してよ
誰も拾わなかったおはじきを
同じ部屋の右上のバケツから
左下の隅にあるゴミ箱に隠している
私の背中を叙情的に見せるために

紙屑がそのへんのどぶ川を
少しだけ流れた私の生涯を
ど派手なドラムで盛り上げてよ
クライマックスが訪れたように
長い道のりがあったかのように

ぼろ切れを貼り付けてつくった

ポケットに入れたっきりの
メノウのようなものを
誰にも内緒で握りしめ
こんなはずじゃなかったと
しかし
運命は変えられないから
仕方ないと呟きながら
蟻の行列の一番後ろをついて歩く

たとえば終着駅がない旅なら
車輪を自分で取り付けて
骨組みの列車に乗り
地平線を目指してきたつもりの
私は何者なのだろう

たとえば支柱につながれた振り子なら
その往復にいる
同じ考えを持つ人とだけ

世界のすべてを　両端を
見てきたと語り合えるのだろう

エンドロール用に
泥の椅子でふんぞり返るシーンを
悲哀に満ちた姿に撮ってよ
おもちゃの楽器を奏でる
置いてけぼりの鼓笛隊をバックに

真っ暗になった銀幕
水没した野晒しの太陽は
すでにもう冷たかった

またね

壊れた銀の家が建ち並ぶ街に
除夜の鐘の音が
雪になって降りつもる
塞がった山脈《やまなみ》　干上がった湖

目指して来たのではない
ただ足元だけをみて歩き
今は師走の雑踏にいる
また一に戻ると　まだ次があると
暦は呼びかけてくれるが
もう先を見る私にかえれない
道の途中で切れた靴ひもは
元には戻らない

薄暗い線香に似た煙突が
燃え尽きる間近のように
赤く低く並ぶ空
大晦日の鐘は鳴り止んだ

背負いすぎた荷物に
顔はいつも下を向くようになった
やっぱり所詮夢だったと諦めて
胸の誓いを　一度置こう
そしてその横に
やぶった十二月のカレンダーを
目印がわりに添えておこう
またいつか　取りに戻ろう

跳び込んだ次の扉の先
裸足の道は少し痛く　だけれど新鮮で
おもわず一月の空を見上げた

薔薇色の教室

私が生まれた街の空は
色とりどりの紙吹雪が
見渡す限りいっぱいに舞っていて
その先の醜い世界を
遮って隠してくれている

毎日通う　永遠の校舎
理論や理屈に背を向け
共感と流行のロープにつながれて
全員と同様のポーズをとることが
最も格好がいいと
そうすることで
何かをやり遂げたような

証しを得た大人に
なることができると
級友は口々に語り合う

そんないつもの学校の帰り道
決まって立ち寄る河川敷
誰にも気づかれない草の教室

そこにひとり寝転がって
橋の形をした雲を探して過ごす
見つけても渡れない
言い訳を胸に

自分が持っている青い筆で
夢の架け橋を描いても
どうせそこには届かない
現実と空想の教室を行き来する毎日

きれいに覆われた明日の
その向こう側に
いびつで　誰に向けたものでもない
合図が瞬いている

高い壁の内側で
息を潜めている私は
そんな空のシグナルに
気づかずにいた

古都

凍雨に晒された瓦礫の迷宮は
鞘堂《さやどう》つきの等圧線状に並ぶ
分かれ道のいたるところに
急拵えで設けられた
五彩の塔

その入り口にある
すぐに目につく祭壇に置かれた
黄金の箱　ぼろ切れの書
その拙い文体を隠すため
恐ろしくて衝撃的な言葉や
猥雑な表現で化粧した
書籍が広げてある

よく似た警備員たちは
新しく来た者が　ここに
今までにない書を置かないよう
もっといい展示場があると
焚書専門の寺院の地図を
慣れた手つきで渡している

道がなかった平原に
滅んだ国の迷路が蔓延っていく
埴輪を積み上げた見晴台で
おどけてみせる灰塵の塔の主

どんなに時代が変わっても
すでにいない人の落書きは残る
影の筏が流れる川や
化石の壁となって
同じ色の未来をつくっていく

落下する微惑星のパレード

あなたとの旅の途中
宇宙船の窓から見えた
原始地球に降ってくる
微惑星のパレード
灼熱の五次元

団体客が乗る船の操舵室の針は
日ごとに違う方向を向いて
真空に吹かすという
その大気の流れで
カリストの自転を遅くした

過去はもう存在せず

未来はまだ存在せず
などと
振り子の銀河を見上げながら
二人で知った振りをして話す

旅行会社からもらった
旅のしおりにある目的地は
ルビーに見えないルビーの島
そこに建つ
青い天藍石《ラピスラズリ》の塔

その島が見えた途端
本音を言えば
ただの金づるとして誘った
あなたは急に船を降りていった
夜空に月がたくさん昇る星なら
きっと願いは叶うから

今週もまた
同じ旅程表を代理店の窓口に
自転車でもらいにいく

あの島にあった絞首台が
朽ちて無くなっていたら
次こそ一人で
目指した青い塔で暮らそう
そうすれば
自分の終わりは遠のく

ローマ

オリオン座が裏返しに映る
鏡の渚を見下ろせる丘の
その天辺の狭い空き地に
手書きの滑走路を引きたいな

高台の海のサイフォン
ごちゃ混ぜのクレヨン
草むらのさざ波に乗って走る
折り紙でできた孔雀を追って

両手に持った原稿用紙を
翼のように羽ばたいて踏み出す
空に近い紙飛行機

孔雀の尾羽からこぼれ落ちる
プリズムを目印に
ことばの起源に向かって

月影しか照らせない空中の舞台
ひとやすみしている蝶の群れ

何度走ってみても
遠くに手を伸ばし過ぎてしまう
岸壁を踏み外しそうになる

暗い星から順番に　朝に溶けていく
もっといい詩が書けたら
丘の上の滑走路を
もっと長く引けたなら
ホラティウスがいる空へ飛び立てるかな
同じ星の幕開けを見に
明日の風に乗って

夜風

跫音なき町のはずれ
雑巾が凍って貼り付いた玄関のドア
まともに入れない我が家
石の壁で囲まれた敷地の

誰にも会わずにすむ闇を待って
庭にある涸れ井戸から外出する
灯りが点かない蛍光灯でも
朝と夜は同じ方角からやってくる

灰皿になった宝石箱
窓辺に掛かった粉末の礼服
久闊の日記帳

あの暗い空も
百万年経ったら
遠いすべての宇宙からの
星の光が届き終わって
きれいな星座が隙間なく満たす
明るい空になるらしい

夜明け前に家に戻った私は
何でも入る鞄から
途中で拾ったゴミを取り出しながら
屋根裏のネズミに
そう語りかける

　夜空がなくなったら
　どうやって暮らそうか――
横並びの社会にも届かない

その家の住人たちのことばは
そばを流れる冷たい小川の
せせらぎにかき消される
壁の外では
昨日と同じ夜風が過ぎていく

月の雫は譜面の道を

涙が落ちるように
天から降ってくる
道化師のメロディ
闇夜の静寂《しじま》に響く

太陽の光を浴びて
眩しそうな満月に
自分で貼り付けた
後悔のフィルター

夜空の月を見上げ
願いや不安を呟いてみても
降りそそぐ灯りの元を

私が布で覆ってふさいでいる
返ってくる言葉を遮っている

墨の衣を纏ったまま
大人になってしまったけれど
少しだけ自分をさらけ出して
頭上に向かって手を広げたら

明日への灯りが
雲の隙間から
また浮かび上がるはず
そう思えて
満月の行き先を予想して
空を指でなぞってみる

夜明けまで流れる
道案内のメロディ
その曲に合わせて

一人踊ってみたら

傾いた太古の月は
布をそっと外した
降り注ぐ光の雫が
暗い足元を照らす

真夜中　月と私だけの音楽堂
つま先の向こうへ続く
灯火の音符に向かって
私は歩き出す

砂の海　水の島

宙ぶらりの日差しと暮らす家
虚ろに掛かる壁の枠
そこから落ちて割れた鏡に
私がこれまで生きた
同じような日々が
いくつもの破片になって
床一面に散らばっている

それは
砂の海
にある
水の島
みたく

砕けた鏡の欠片
ひとつひとつの内側に
取り残され
堰き止められた
流氷のように
私の時間は動かなくなった

追いかけていたのは
誰かが描いた水平線の絵
ずっと走り続けてきた
出口のないトラック
どこまで行っても
氷の海が続いているだけと
決めつけていた

水で満たされた
未だ知らぬ星

ごうごうと波打つ海の音
人々の声で沸き立つ明日

砂の海を水で満たすため
水の島の外枠をはずそう
出来たての船に乗って
未知の島を探しに行こう

深海の旗手

奈落の海
海底を歩く日々を
何の迷いもなく送っているのは
自分の身の程を
あるがままに受け入れたからだった
誰もいない深海で
緋褪《ひさめ》色した理想の旗を
高々と掲げているくらいが
今の私には丁度合っていた

海面すれすれの高さで
船体の半分を水に沈めて進む
豪華な船に乗った客が

海の底で揺れる
雨晒しの旗に気づき呼びかける
「この船の裏側が　きみの世界の太陽だ」

物事の基準や善し悪し
それを決めることができると
思い込む人たちがいて
その下で暮らす
白群の切り絵でできた人たちがいる

頭上の海に向けているのは
平等な出発地点を表す旗のはずだった
もう過去に吸い込まれかけた
背後にある最後の壁
その叫び声を聞いて
凍り付きそうな　海底を蹴った

若き日のうさぎは悩む夜もすがら
ページをめくった次の詩《うた》まで

木星側の夜空を駆ける
影絵のうさぎ
黄道をつなぐ塵の道
弧を描く彗星が落とす光の帯を見渡せば
それら小さな点が
どれも手招いているように見える

道に沿って取り囲む
水彩で描かれた十二宮
永遠に変わらない姿
だけど　どの神殿も
御利益はなにもないと
うさぎは考えている

「今日は眩しい満月
暗い白羊宮なんて見逃してしまいそう」

淘汰された星座たち
掠れた銀河系　数世代先の進化形
もっと暗い闇の果て

光のおこぼれをもらって
夙夜　生きる影法師
「とにかく　全部まわってくる
何も見つからなかったら
もう一周走ればいい」

そしていつか光を追い越せたら
あの日　知らない大人に
しがみついて染みついた
影の衣を脱ぎ捨てることができる

あこがれ

あした　みらい
ある三十年まえのこと
あったかどうか
あるかどうかも不確かなことまで
あたまにとどまって流れない
そのかたまりを押し出そうと
つぶやく　ひとりごと
生まれ育った絵巻物の坂を下る

触れたことのない真っ青な空
あしをとめ
じっと見上げた
ただそれだけの時間

絵の具でもなく　インクでもない
透きとおるそのあおさに
目を奪われ
なにを悩んでいたかも忘れた

ああ　そうか
あの空の向こう
遠いリゲルにある駅に
光の列車が入っていったのだ

卒業式

見たくない夢で起きた朝も
その幻に戻りたくなければ
ただ　目を開けて
立ち上がればいい

今日も少年は
現実の悪夢をみるために
学校へ歩き出す
足跡だらけの制服の背中

黒板のチョークの教えは
霧になって流れ落ち
ノートは塩辛い水で濡れる

勝手に記録されたアルバムを渡された日
教師がしてくれたことで
感謝したのは　卒業式だけだった

滅んだほうがましな世界

厳正な基準と書いた旗をなびかせて
一番輝いてる人を
連れに来るという定期船
枯れたまま芽吹く草が
覆い尽くす薄暗い岸辺に

人のいない灯台に落ちた
太陽の欠片の熱で
ぼんやりと照らされる岬

これまでずっと
遠くなる汽笛を聞いてきた
いつも燃えかすの港に残された

黒いがらんどうの空を背に
やって来た金ぴかの船は
地上の有能な人物が
ひとめで分かるという

ある日その船に
「私は」と問うと
二百年後には順番が来るだろうと
機械の声で返事があった

岸壁を離れる船に向かって
その基準は狂っていると
言った私が狂っていると
立派な船の乗客は口々に叫ぶ

すでに自身の表彰式の日を書いた
手帳を持って待つ人を

迎えに来る定期船
たくさんの顔見知りで満員の船
対岸にある殿堂の島へ運ぼうとするが
もうそこに　人を降ろす隙間はない

全く水を替えてない浴槽のような海の
地位と名誉を分け合うための船は
肩書きを求める人々の重さで
怒号と不平の波に沈んでいく

すると私は鎮魂のためと
月を拝むことがつとめになった
何も誓うものはないのに
向こう岸にあると知った
泥が積み重なる希望の島から
誰もいなくなるまでの日課となった

よもぎ色した港町

あの日から
凍ったまま飛び立てずにいた
呼び出しのベルが
セロファンの街の空を渡る
電話線のない受話器
回したダイアル

丘に建つ病院か
路面電車の電停横の
それとも　どこの病室だったか
夜間の付き添いのため
祖父のベッドの床で
寝泊まりしたときの

手のひらでベッドの縁をたたく
私を呼ぶ音
二十年以上経った今も
耳から離れない

喉頭癌の手術で声が出せず
起き上がれなかった
じいちゃん
痰が詰まって苦しくて
力の限り　私を呼んでいたのに
傍に居てそれすら
すぐに気づけなかったことを
じいちゃんに
ちゃんと謝りたくて
届くはずのない電話機を
ずっと握りしめている

糸のような雲のアーチの下の

大人に続く細い道を
振り返れば今も
子どもの私が膝を抱えて
通学路の草むらに座っている
そんな私の周りの
色あせた草に
自分だけ都合のいい絵の具で
きれいな緑色をつけた

もし電話がつながったら
ごめんと言葉で伝えたい
「今年も
あと一時間で夏です
私は元気にしています
じいちゃん　それとね――」

現に軌道は傾いていないし過去に傾斜した形跡も見つけられない

子午線を走る唯一の車
生まれた頃は降っていた碧水
それをはねのけるワイパーは
円グラフ　棒グラフの跡

見上げれば偽物の雪
つぎはぎの空　つきなみな雲
いつも同じ方角にある太陽
豆電球がぶら下がる低い夜空

世界の行き止まりまで
自由につなげられる折り紙の線路
他の人が押すしかない電動の車

それに乗り込む世紀に一人の来賓は
土偶が操作する無線で動いている

ずっと自転し続ける運動場
円盤の上の渦巻きの通路が
次第にひとつずつ
方向を持った道に分離していく

枠の外に出ないよう見張るのは
密かに公転する
刃物の形をした衛星だった
目をつぶってぶつかると
私に絡みついていた糸が切れた

目の前を行く
見たことのないプロペラ機の
遠ざかるエンジン音
顔を上げたのは　いつ以来か

どうやら思い通りだ
次の季節に向かえる

二〇一八年八月のエチュード

生まれ育ったまちで
就職し定年まで働いて
長崎から出ることはなかった
それは親のためであったり
自分の気持ちを心の奥底に沈めて
決めたことであったり
ひとつのことを全うした
両親はやはりすごいと
四十も後半になって気がつく

「今日は東京に行ってくる」
空港でそうメールしたあと
父母は飛行機も

あまり乗ったことがないだろうと
考えながら携帯の電源を切る

機内では
私の左前の席に座っている
三歳くらいの子どもが
ずっと大声で泣き続けていて
若い母親があやすも泣き止まない

今日に限って飛行機酔いした私は
吐き気と頭痛で
その大きな泣き声に
顔をしかめうつむいていた

「どこが痛いとね」
「泣かんでよかとよ　大丈夫やけん」
その子の前に座っていた
おばあちゃんの

九州なまりの優しい声が聞こえる

おとなしくなったその子への
ことばがお裾分けのように
機内の通路を流れてきて
まるで自分がなぐさめて
もらっている気持ちになった

ふるさとと同じ空の下
飛行機は降りていく

ソリチュード

暗闇が鈴なりに続く夜
誰かの髪飾りがきらきら光るのを
もう少し見ていたい
終点ひとつ前の電停のベンチに
ぼんやりと座っている

停留所に着くたびに
降りては乗って　その繰り返し
話し相手はいつも自分自身
見えない鏡に語りかけてきた
薄暗い電球で出来た私の影と
錆びたガードレールとの内積

夾竹桃の唄
路面電車のレールの音

いつまで座っているのかと聞かれても
次の電車が来るまでとしか
答えられない
私の椅子が空くのを
待っている人はいるのだろうか

ずっと軽蔑してきた
自分本位のあんな人間でも
観念して　ちゃんと
あの世に行ったらしい

それなら
私には簡単なことだ――
頭上の灯りに集まった
蛾に向かってそう呟いた

次もまた
私が来た方向からしか電車は来ない
路線図にある残りひとつの駅
朝焼けに響く線路の震動に
振り向いた先の
黒い逆光の車体

その車両の向こう側に広がる
故郷の街並みには
もう見覚えがなかった

トワイライト

空の青の四方へ延びる
飛行機雲のライン
それらが交わる矩形の内側の
何もない空間は
いつか辿り着くことが出来る
七色のキャンパスであって
まだ見ぬ舞台への入り口であって

その向こう側へ行けたなら
灰色の月の渚から
眩く満ちた地球を眺め
これまでなかった
光と闇のバロックを

その長方形の額縁に
描けると信じていた

誰も手が届かない
この星の一番高い梢で
誰も思いつかない絵画のモチーフを
手に入れられる扉に見えた

子どものころに夢みた未来
箱庭の片隅に就職して以来
数えられるほどの風景にいるうちに
遥か天頂へ旅立つ日は過ぎ去り
思い描いた絵の構図も忘れ去り
真っ白な日記のページを
ただ　ぱらぱらとめくっている

空の白い線が赤く変わる頃
夕焼け空に向かって

もうこの地にいない人に呼びかける
ありのままの今の自分を
打ち明けてみる

当たり前のように思っていた
仕事を終えたあと
家路につくときの安堵感
その日の出来事を語り合える有り難さ

赤い雲の枠は空に溶けて
私は温かな灯りが待つ
いつもの帰り道にいた

消えたオリオン

七月のある日　あなたの呼びかけに
何気なく答えたのだった
せっかく星を見に行くのなら
空が澄んだ　冬にしようと

水のない川をまたぐ
昔はそこに必要だった橋
残された小舟
あらわになった丸い石

行くあてのない白い石が連なった
永遠に消えない天の川
ときの流れが止まったままの

ひとり立つ凍る空の下
あのとき　これが最後の夏になると
知っていたなら

遺跡の郷

陽が沈むまで待っている
陽が昇るのを待っている
あの日
覚悟は出来たはずだった
我が子の門出を
笑顔で見送った

ひとがいない建物と
獣が通るみちを横目に
残った者は寄り添い
体が動く限り畑を耕す
みんな
力を合わせて暮らしている

限界集落と名付けられ
都市化に向かう社会を
追いかけるすべもなく
置いてきぼりになった

息をしていない土の上に浮かぶ
錆び付いた雲
その向こうで佇む
離愁に暮れる淡月

帰って来てほしいとか
助けてくれと口にする者はいない
けれども
いつか誰かが
この村が終わる日を
ひとり見届けねばならない

朔と闇夜のコントラスト

夜明け前　または
闇夜のひとやすみ
私が乗る墨の列車
あてもない終着駅

車窓の外の真っ暗な世界
人の声はなく
民家の灯りが流れ星になって
通り過ぎていく

胸に秘めた行き先はあるが
それを口に出せず
ただ慌て　焦り

そのうち
先を急ぐことそのものが
私の日常に変わっていた

月のない夜に
誰も気づかない
列車が通る
途中で終わる
時間のレールを
脇目も振らずに進んでいる

「まもなく
　東雲の駅に停まります」
これまで耳に入らなかった
アナウンスが聞こえた

一度ここで降りて
八十八《ぜんてん》の星座の下に

降り立とう

朝が来て
夜にまぎれた列車が
太陽のインクに染まるまで
何も書かれていない行き先板は
しばらく　そのままで

エスカレータ

それは強い影の夏
のこと太陽の樹の
礫台の根元にある
世界の行き止まり
枯葉の吹き溜まり

輝きは過去になく
未来にこそあると
コバルトの俄雨が
降って出来た川を
流されて行きます

静けさ　風の音《ね》

秋に向かう途中の透明な風は
故郷の稲穂の上半分を撫でて
見えないはずの足跡をつける

かたちのないすぐそばの未来を
照らすために置いた小さな蝋燭
ほぼ溶けて終わりの匂いがする

百万年つけられる日記を
買ってはみたが
なにか私の人生に
記すべきことはあっただろうか

愛という字は　御自愛くださいで使った
恋という字は　ついに使わなかった

インクで書いた秘密も
石に刻んだ哀悼の句も
凍える日差しや
焼ける大気にさらされて
いつかその文字は消えてしまう

だけど――

消えたことばは
そのあと粒になり
空を渡り旅をするのだろう
今生きている世界中の人が
ひとりもいなかった頃から
ずっと変わらずに
世界を回り続けてきたのだろう

そうして
長い人々の想いが混ざりあった風が
静かな晩夏の空に吹く
今日から明日へ
見えない足跡を
私は背中に受けている

精霊流し

あれから初めての八月
真夏の熱の帯を抜け
夕立にまぎれて降りていくと
見慣れた街　お盆の風景
懐かしい人たちが見えてきた

去年　別れの日
空の糸を探しに行ってくると
最後に強がってはみたが
離れてから　ずっと眼下の
我が家を眺めて過ごしていた

生きている間

誰にもつくれない太陽の城を
積み上げて来たつもりでいたけれど
雲の上から見ると　それは
ただの砂の山にすぎなかった

在りし日々が輝いて見えたのは
私の小さな世界を照らしてくれていた
みんなの笑顔とことばの
おかげだったと
今になって気がついたのだ

ひとときの郷愁
精霊船の爆竹の音

また来年
私が会いに来ます
それまでみんなは
ここにいてください

成人未満の自問自答

この螺旋階段は
いくら昇っても
上の階に着かない
だから
まだ見ぬ塔の謁見の間へ
ベニヤ板のはしごを掛けよう
アルデバラン食の夜の
赤い星が見ていない
四十分のあいだに

今まで一段ずつ築いてきた
土の足場のおかげで
疲れたときには腰掛けて

もし　つまずいても
一番下まで落ちずにすんだ
それは分かってはいるが——

線香花火の夕陽の向こうに
明日があるとして

私が一年生きたからではなく
地球が太陽を
知らぬ間に一周したことで
私はただ歳をとる
私は私のまま
いつまでたっても同じだから
自分自身に問いかけても
答えが出るはずもない
悔いもやり直しも
違う行き先も見つけられない

さて　ひとりごとを終わろう
そろそろ行こうか
塔の頂上まで
あっという間に
真っ暗な夜の狡《ずる》がばれて
空が赤く染まる前に

飛び出せ　青春

すぐそこまでしか飛べない
青い蝶々の群れを
手当たり次第に追いかけながら
どこにあるか分からない
ゴールテープの形をした虹を目指す
残された時間は　もうとっくに
半分を切っていると
下水色の腕時計を気にしながら

これまで似合っていたものが
もはや似合わなくなることが
たくさんあって
似合うようになったものといえば

趣味に合わないものばかり
見たことがある小径を見つけ
駆け寄ってみては
過去が鏡に映った行き止まりと気づく

自分の心にしまいこんでおけば
なくなることも
色褪せもしない
虹の地図と名付けた
永遠のチケット
誰かに盗まれないように
化石で出来た洞穴に隠して
それを見張るために生きてきた

本当は待ち遠しかった
洞穴の入り口に染み出た
太陽の先っぽが
闇に溶けた私を

追い出してくれる日が来るのを

自分の地図を大空に広げ
目印のない道を走れ
ずっと先まで
もっと遠くへ

五季

例えるなら秋
二人で見上げた夜の星座は
一斉に赤く色づいて
すべて散ってしまった
もう世界の願い事は聞き終わったと
その日アンテナのないラジオが伝えていた

芽吹いたばかりの頃
揺籃《ゆりかご》の大地は柔らかく
無防備に春の日差しを浴びていた
実は起きられなくなる布団
誰かが置いた止まったままの目覚まし時計
ゴミを積み重ねてできた架空の離島で

帰り道のトンネルに入ったとき
いつもと違う感覚があった
夏の森であなたと会って憶えた
泥の壁に灯された希望の道
慌てて確かめた小さな出口は
一握りの人の宝石で押し潰されていた

毒の木が並ぶ真冬の商店街
二人だけに分かる言葉を叫んでも
探していたものを思い出せない
長生きしてごめんと言った
あなたの気持ちが分からず
そこだけ凍った色のまま残っている

遠い明日に歩を進めるたびに
見覚えのある生地《せいち》に近づいていく
四つ数えて見つからなかった季節

ただ
母の傍で泣いていた頃に
帰りゆく人生だった

いつか

雪のカーテンが
窓の外に掛かる日曜日
白い教会はその向こう側に
二十二センチの靴跡から
身を隠して建っている

海を見ている風車の
肩をそっと抱いた
時計回りの昼下がり
氷の結晶の首飾り
カナリアの羽根のまま煌めく

春を願う便せんを

いつ届くとも知れぬ
彗星が運ぶポストに託し
ひとり
ペンの跡の机に向かう
凍りついた原稿用紙を
音を立てて揃えてみる

深い雪もいつかは溶ける
そう思って
今日も　白い幕を羽織った
空っぽの郵便受けを閉めた

見たことのない空を来る
吹きさらしの便りを受けとりに
私も　自分を見つけてもらえるように
雲の上へと続く道へ踏み出そう
太陽の真下　きみといつか
そこで会おう

あとがき

あたらしくオープンしたビルや塗り立ての大通りには「きれいな見た目の若者以外お断り」と、大きな横断幕が掲げられている。

そのアーチをくぐり「お断り」と言われた私が、通りに足を踏み入れるには相当な勇気がいるが、とはいえ別に世の中ほかのどこだって、そう歓迎されるようなこともない。

などと、ぼそぼそ呟きながら、昔からあるいつもの喫茶店の窓から、賑わう新しい大通りを眺めている。

二〇一六年に、拙詩集『五季』を地元新聞社から出版した。

私がお世話になっている周りの方に向けてお礼の意味を込めて、また、詩に馴染みのない方に対して少しでも詩集というものを手に取ってもらえたらと意識してつくったものであった。

その前詩集の収録数を99作と中途半端な数にしたのは、次の一歩はこれから先に残しておきたいと思ったからだった。

詩集が出来上がった頃も、それまでと同様に地元新聞社に投稿をしていた。自分なりに大切にしているのは、詩作を「続ける」ことで、私にとってその実現とは「投稿」しかなかった。

　そんなとき、日本詩人クラブの方から、詩には全国的な会があると教えていただいた。県内にはクラブの会員はおらず、入会担当の方が面識のない私に、出版元の新聞社を通じて連絡をくれたのだ。

　元来、人見知りで引っ込み思案だが、詩を創作されている方々と広く交流できる場は新鮮だった。何の取り柄もない私でも「詩」は自分が持っている以上の行動力や心の支えをくれる存在なのだとあらためて思う。それからというもの、誰からも誘われていないのに、他の全国的な会や同人詩誌に、積極的・自発的に飛び込んでいった。「つて」も何もなくても、皆さんは温かく迎えてくださった。

　そして、いろんな会で出会えた方々の御活動を知るにつれ、それまではずっとあとのことだろうと考えていた次の詩集を、なるべく早く出したいと思うようになった。「18か月で30数作品の詩作をすること」を目標に立てた。

　前詩集で、これから先に残しておくと漠然と思い浮かべていた「次の一歩」を踏み出す「そのとき」は、訪れるものでも探すものでもなく、自分の心でしか分からないことなのだと思う。詩作を続けたこの二年間、仕事から帰って作品の推敲をするひとときが、毎日待ち遠しかった。素直に、詩を書くことが楽しかった。

さて、私は昔からあるいつもの喫茶店で会計を済ませ、これまで近づくことを避けていた「新しい大通り」の前にいる。知っている人の声も、まだ聞いたことのない声も聞こえてくる。

見上げれば、私が勝手に掲げていた横断幕はどこにもない。

遮るもののない大空が、ずっと遠くまで広がっているだけだ。

二〇一八年九月

桑田 窓

桑田　窓（くわた　そう）

一九七〇年　長崎市生まれ、佐賀市在住
一九九八年　地元新聞社に詩の投稿をはじめる
二〇一六年　詩集『五季』（佐賀新聞社）
「日本詩人クラブ」「日本現代詩人会」会員
「山脈会」「花」同人

現住所　〒八四〇―〇八〇六　佐賀県佐賀市神園三―七―二三

メランコリック

著者
桑田《くわた》　窓《そう》
発行者
小田久郎
発行所
株式会社思潮社
〒一六二—〇八四二　東京都新宿区市谷砂土原町三—十五
電話〇三（三二六七）八一五三（営業）・八一四一（編集）
ＦＡＸ〇三（三二六七）八一四二
印刷・製本所
創栄図書印刷株式会社
発行日
二〇一八年十月二十日